Udgivet af www.skysite.dk/hyggestunden
Copyright ©www.skysite.dk/hyggestunden 201(
Både omslag og indhold er under copyright
Udgivet på Forlaget BoD
Copyright © Forlaget BoD 2010
ISBN-nummer 9788771140729

ĤF239391

<u>Kære læser</u>

Vi på hyggestunden håber, at du vil nyde denne lille underholdningsbog.

Husk, at du også kan gå ind på www.skysite.dk/hyggestunden

Her kan du tilmelde dig et månedligt abonnement på Hyggestunden. Et abonnement på Hyggestunden betyder, at du hver fredag vil modtage en e-mail fra Hyggestunden, der vil indeholde præcis det som bogen du sidder med i hånden: En novelle, en kryds & tværs, tegneserier og quizzes. En ny ugepakke, med nyt indhold, hver uge!

Det er billigere end du tror. Og det er let!
Og så behøver ikke gå til boghandleren for at få timer fyldt med hygge.
Du kan du gemme dine Hyggestunder uden at de fylder. Lige der på din harddisk på PC'en, hvor du kan hente dem frem og læse det igen, og igen, og igen….

Så kan det da vist ikke gøres lettere…

Men ellers kan du jo vente, og købe næste bladudgave af Hyggestunden.
På www.skysite.dk/hyggestunden
kan du læse, hvornår næste bladudgave er på gaden….

Mordet i IT-firmaet "Bagley does IT".

- En Sebastian Manley detektivnovelle

IT-Firmaet havde til huse på 3. sal i en tidligere lagerbygning ned mod floden. Adressen var blevet mondæn med tiden, og medarbejderne kunne ud af deres vinduer betragte lystbådene. 'Yoghurtbægerne' som firmaets ene programmør kaldte glasfiberbådene med slet skjult foragt. Han var sejlsportsmand i sin fritid og ejede en part i en folkebåd af de oprindelige, ægte slags bygget i træ og med træmast. Han kaldte dem yoghurtbægre , skønt han nærmest hang ud af vinduerne, når bådene for fulde sejl kom lænsende forbi i en frisk vind, eller stille sejlede forbi for motor, hvis vejret ikke havde vind nok med til at fylde sejlene.

Direktøren, grundlæggeren af det lille, men internationalt anerkendte IT-firma, der solgte specialdesignede hjemmesider med en touch af verdensmand over sig, havde sin egen 44 fods Salona 45 liggende lige på den anden side af lagerbygningen. Her mødtes han med ligemænd, andre direktører og chefer, ledere og finansmænd, for at drikke cognac, champagne eller andre raffinerede drikke, mens de beundrede hinandens nyerhvervelser, og en sjælden gang imellem sejlede en tur op eller ned ad floden, hvor de stolte selv stod ved roret, så længe der var huse ved brinkerne, og derefter overlod det til flodbumser, der levede af at sejle bådene for de rige.

Direktøren, Nick Bagley var en selfmade mand, der yndede at lade medarbejderne tiltale ham som Hr. Bagley på trods af, at der kun var fem ansatte foruden ham selv. Han var autodidakt inden for programmering, men så med slet skjult misundelse på akademikere, dem med papir på deres titler. Til hans egen store forundring havde han som syvogtyveårig fået opstillet et computerprogram, der havde fundet kunder på global basis og havde fået hans bankkonto, som han indtil da havde haft en noget anstrengt forhold til, til at blive sekscifret. Banken elskede ham fra da af, og han begyndte at elske sig selv også, og kunne efterhånden ikke begribe, at alle ikke elskede ham.

Det var i dag treogtyve år siden det første program havde skabt mulighederne for den livsstil, han førte nu. I dag fyldte han halvtreds og havde i den anledning fået arrangeret en mindre festlighed i firmaets rammer. Senere, om aftnen, skulle han og konen naturligvis fejre ham på behørig vis med en tur på restaurant med vennerne, og derefter ville hele flokken tage på kasino og slutte natten af med en tur i båden. Men det var medarbejderne ikke inviteret med til. Der måtte jo da være en grænse. Man måtte nødvendigvis skabe en smule afstand til sine underordnede, det sagde sig selv. Der skulle da gerne være forskel på direktøren og rengøringsdamen ikke? Som han med høj cigarføring og et glas god whisky havde sagt til sin gode ven, direktøren for bådfirmaet Sail-it, der havde solgt direktøren sin første sejlbåd og de tre efterfølgende, der hver gang var blevet omkring fem, ti fod længere.

Solen skinnede fra en koboltblå himmel, og termometret viste allerede tre og tyve grader, selv om klokken var elleve, og det var marts måned. De tre flagstænger på parkeringspladsen foran den restaurerede lagerbygning var pyntet med firmaets flag, og direktørens nyindkøbte knaldgule Porche strålede nyvasket mod de andre mere almindelige biler, der optog de andre parkeringspladser lidt længere væk. Det var kun direktørerne for firmaerne i lagerbygningen, der havde parkeringspladser tæt ved indgangen.

Direktør Nick Bagley stod med et glas i hånden og kikkede sig velvilligt omkring i lokalet som cateringfirmaet havde pyntet til lejligheden aftnen forinden. Det var det lokale, der blev brugt til konferencerum, frokost-rum, eller hvilken type rum, der nu var nødvendig i en given situation. Det var en smule mindre end direktørens eget kontor, men da de kun var syv mennesker, der skulle opholde sig i lokalet nogle timer, havde direktøren ikke anset det for nødvendigt at rømme sit eget private domæne. Det var jo strengt taget kun medarbejderne, der skulle have et par timer fri til at hylde den person, der sørgede for, at der kom penge ind på deres konto hver måned.

Direktøren gik hen til vinduet og kikkede ned på parkeringspladsen, og smilede da han så den gule ønskedrøm. Så rynkede han panden. Den varevogn, der var blevet parkeret lige ved siden af Porchen, måtte han se at bede en eller anden om at få flyttet. Så bemærkede han firmalogoet på siden af varevognen. Det var cateringfirmaets varevogn. Han sukkede. Så måtte han nok finde sig i, at varevognen holdt der et kort stykke tid. Heldigt, at denne pligtfestligholdelse ikke skulle vare mere end et par timer. Man skulle jo synes, at når man gik op og ned af sine medarbejdere til dagligt, at man så på sin fødselsdag kunne undvære at skulle spille jovial og mænge sig med pøblen, men hans kone havde insisteret på, at det var det rigtige at gøre. Hun havde også insisteret på, at aviserne blev tippet om direktørens fødselsdag og denne festligholdelse, og han forventede, at der ville dukke mindst en fem seks mediefolk op inden for de næste par timer. Det gjorde ligesom tingene lidt lettere at udholde. Han løftede sit glas og drak ud og forlod lokalet og gik ind på sit kontor.

Nede på parkeringspladsen satte Sebastian Manley de tre flamingovarmekasser fra sig på jorden ved siden af kasserne med drikkevarer og glas og service, og skubbede døren i varevognens side i med en rullende metallisk lyd. Han tog sækkevognen og fik mingeleret kasserne op på metalpladen og kørte ind mod lagerbygningen. Det var hans tredje dag i jobbet, og han havde bedt om at slippe for denne tjans fordi, han aldrig før havde stået for en fødselsdag selv. Men cateringfirmaets leder havde ringet om morgnen og sagt, at der var sygdom blandt personalet, og derfor blev Sebastian nødt til at springe ind og klare fødselsdagen alligevel. De havde heldigvis pyntet op aftnen forinden, så hans opgave var udelukkende mad og drikke. Sebastian sukkede og ønskede, at der var mere at lave i den branche, han hellere ville arbejde i, men det var sløje tider, og derfor sparede folk privatdetektiven væk, og Sebastian måtte tage til takke med andre jobs, mens han ventede på en optøning på det internationale finansielle marked, så omsætningen kunne komme i gang. Så folk kunne stjæle og bedrage og være uærlige over for hinanden igen, så han kunne få noget ordentligt arbejde!

Sebastian kikkede sig omkring og fløjtede svagt, det var ikke lige det, han havde forventet af en lagerbygning fra trediverne. Her var forkromede håndtag, glaspartier, marmorgulve, grønne planter til overflod og i det hele taget en atmosfære af penge og lyst til at bruge dem. Han skubbede sækkevognen hen til elevatoren og studerede et øjeblik de nypudsede skinnende messingskilte, der med flotte indgraverede bogstaver meddelte, at dette og hint firma holdt til her i lagerbygningen.

IT-firmaet Bagly-does-IT lå på 3. sal læste han. Han trykkede på knappen og ventede et øjeblik og lyttede til den svage summen af motoren, da elevatorstolen steg ned fra højderne for at hente ham. Da døren til elevatoren langsomt gled op, skubbede han sækkevognen ind og trykkede på knappen med 3-tallet og så sløvt, døren glide i igen. Lige i sidste øjeblik, da der kun var et par centimeter tilbage blev en hånd stukket ind mellem dørene og de blev presset op igen. En kvinde, med yppige former, dyre ringe og halssmykker og for mindst titusinde kroner hængende i øreflipperne, vurderede Sebastian, trådte stakåndet ind og nikkede afmålt til ham. Han nikkede igen og betragtede hendes nakke, da hun vendte sig væk fra ham for at trykke på knappen, men hun trak hånden til sig med et lille "åh", da hun så, at knappen til 3. sal var blevet aktiveret. Hun drejede sig halvt og kikkede på sækkevognen og på firmalogoerne og på de tre flamingovarmekasser, og hvad Sebastian ellers behændigt havde mingeleret op på sækkevognen efter mottoet: Hvorfor gå flere gange, hvis du kan klare det med en gang?

- Det er måske din boss, der bliver en halvgammel støder i dag?

Da dørene gik op igen, fejede hun knejsende ud ad elevatoren. Nå, da… Hvis man kunne sige det forkerte, på den forkerte måde, på det forkerte tidspunkt, var det nok det, der lige var sket, funderede Sebastian, da han så, kvinden marchere direkte mod den dør, der stod direktør på, og åbne den uden først at banke på. Formodentlig chefens kone. Tjae.. Diamanterne burde nok have ført ham på rettespor. Så meget for at være detektiv… Han baksede sækkevognen ud af elevatoren og trillede den hen ad gangen til det pyntede lokale. Serpentiner, flag og kulørte duge. Og efeu-grene lagt på bordene rundt omkring. Billigere end blomster, havde bossen sagt, men så stadig ud af noget. Det drejer sig om at være økonomisk, havde bossen sagt.

Sebastian var ved at tømme sækkevognen da døren blev åbnet et øjeblik, og en yngre kvinde stak hovedet ind. Hun udbrød et "åh!" og lukkede skyndsomst døren igen, da hun opdagede ham. Han rystede på hovedet. Var det, hvad kvinder retorisk kunne gøre det til i hans nærhed? Men så koncentrerede han sig om maden og drikkevarerne. Det skulle være en buffet, og den skulle være overstået på et par timer, havde direktøren fortalt Sebastians boss. Ikke noget med indviklede ting, der tog lang tid at spise, og ikke noget, der inviterede til at sidde i timevis. En let anretning, velsmagende, men ikke overdådig, det var, hvad direktøren havde bestilt. Nærigmås, tænkte Sebastian og sammenlignede i tankerne prisen på arrangementet med den værdi, han anslog at den gule Porche, der holdt ved siden af hans varevogn nede på parkeringspladsen. Sebastian antog, at det var IT-direktørens bil for den havde firmaets logo indgraveret på rattet, havde Sebastian bemærket. Raffineret for øvrigt, tænkte han.

Døren gik op igen. Sebastian kastede et blik på sit armbåndsur, men der var stadig en halv time til, han skulle være færdig, så hvem det end var, var bare utålmodig. Det var en mand med fuldskæg, briller og en skjorte, som sad på ham på en tilfældig måde. Han lignede en nørd, tænkte Sebastian, men det var vel ikke så sært, hvis man skulle støde på sådan en i et firma som dette. Manden kom helt ind i lokalet og kastede et blik på bordet som Sebastian nu havde fyldt med drikkevarer, få sodavand, få danskvand og en del vin. "Det er sgu da ikke en børnefødselsdag, vel" havde cateringfirmaets boss citeret direktøren for at sige, da han bestilte. Underligt nok, for øvrigt, at han selv havde bestilt tingene, men måske var det fordi, han ikke ville have, at de ansatte skulle vide, hvor fedtet han var. Manden stillede sig foran bordet og rakte ud efter et par flasker rødvin.

- Du kan nok arrangere tingene, så ingen kan se, at der har været en finger i lagkagen, om man så må sige, ikke? Han sendte Sebastian et blik, der på en gang glimtede af humor og en advarsel.

Sebastian nikkede og trak på skulderen, han kunne være ligeglad, og der var flere flasker nede i bilen, på det punkt havde direktøren været insisterende. "Der kommer givet vis en hel del mediefolk på et tidspunkt, og sådan nogle de bliver sgu tørstige, og vi kan jo ikke have, at de skal have tungen klistret til ganen, så de ikke kan speake, vel?". Igen var det bossens referat.

Manden gik hen mod døren med flaskerne i hånden.

- Mig og de andre gutter kan godt have brug for en opstrammer, inden vi skal ind og hykle chefen.. Sagde jeg hykle? Ha, ha, den var god, jeg mente selvfølgelig hylde.. Eller gjorde jeg nu det?.. Han forsvandt ud af døren og trak den i efter sig. Sebastian kikkede på nøglen i døren, og spekulerede på, om han blev nødt til at låse for at få arbejdsro, men det ville nok se lidt mærkeligt ud, så han lod nøgle være nøgle, og døren være ulåst.

En halv time senere stod tingene parate, og Sebastian havde diskret stillet sig i et hjørne, så han kunne være i nærheden uden at gøre sig bemærket. Direktøren var kommet fem minutter tidligere i følgeskab med kvinden med diamanterne: Det var tydeligvis konen, og kulden, hun udsendte, kunne have bundfrosset Hawaii, men om den primært var rettet mod ham eller mod direktøren, kunne Sebastian ikke afgøre. Måske var en fifty-fifty fordeling på tale. Tydeligvis var det ikke et par turtelduer de to.

Direktøren stod med et glas vin i hånden, hans andet på de fem minutter. Konen, hviskede noget til direktøren, Sebastian kunne ikke høre hvad, men det var tydeligvis noget, der gjorde direktøren meget ophidset, for der bredte sig øjeblikkelig en usund rødmen på hans kinder og hals, og han skyllede vinen i sig med et enkelt kast tilbage med nakken. Så kom firmaets ansatte, Sebastian genkendte kvinden og den ene af mændene som de to personer, der med få minutters mellemrum havde været der tidligere, mens han ordnede til. I alt fem personer trådte ind af døren, det gav seks medarbejdere i det hele med direktøren. Men at dømme efter fruens smykker, måtte det være et firma, der var god til at trække kunderne til, med mindre det var hendes egen formue, der var spenderet på de funklende sten.

Stemningen i lokalet var høflig, men langt fra at være hyggelig. Direktøren slog på et glas. Det virkede en anelse unødvendigt, de få personer til stede, og den lavmælte samtale mellem dem taget i betragtning.

- Hmmm. Ja. Så er det jo blevet den tid på året igen.. Denne gang med et nul bagefter, og så kræver etiketten jo, at man holder en lille festlighed, skønt jeg nu aldrig har forstået, hvorfor det er en selv, der skal fejre sig og ikke andre, der burde fejre en? Hø, hø, men sådan er der jo så meget. I skal have tak for gaverne, dem åbner jeg senere, for nu synes jeg, at vi skal have noget at spise. Som I ser så har vores unge ven her... Direktøren nikkede over mod Sebastian - ...Sørget godt for os med mad og drikke i lange baner. Jeg er blevet adviseret af min kone om, at der nok vil dukke nogle mediefolk op senere, så hold lidt igen med alkoholen, hvis I ikke ønsker at se Jer selv blameret i alle de større medier i morgen. Hø, hø… Ja. Det var så det.. Værsgo at tage for Jer…

- Nej, hør nu! Det var kvinden fra døren. Hende, der havde smækket den hurtigt i med et lille "åh". Hun havde stillet sig tæt ved bordet med drikkevarer og hældt et glas med vin op, mens direktøren talte.

- Vi skal da vel lige hilse på Nick.. Hr. Bagley, mener jeg, og ønske tillykke med fødselsdagen, skal vi ikke? Hun hævede sit glas. - Tillykke Nick..Bagley. Med de halvtreds år. Det er jo en del år i den her branche, men du har jo gjort det godt… Og, øh.. Så holder du dig jo også godt… Øh.. Nå, men tillykke i hvert fald..

Alle sagde skyndsomst tillykke. Sebastian krummede tæer. Han spekulerede et øjeblik på, hvor meget kvinden havde drukket af de to flasker, som 'nørden' var forsvundet med, inden hun viste sig ved festen. Han lagde mærke til, at de to kvinder holdt sig langt fra hinanden. Direktørens kone sendte nogle giftige blikke mod den yngre kvinde, der bestemt ikke holdt sig tilbage, men vimsede omkring i lokalet på lange flotte ben og vrikkede med bagdelen, som bestemt ikke var noget at skamme sig over, hvorimod direktørens kone havde rigeligt alle steder, hvis man skulle udtrykke det på en pæn måde.
Den yngre kvinde stod lidt og så rundt på sine kolleger, chefen og hans kone. Sebastian kunne ikke helt greje hendes udtryk i ansigtet, da hun stirrede på chefen.

Så mødtes deres øjne, og hun spærrede øjnene op og slentrede let slingrende hen mod ham.

- Nå, da, da.. Der er da godt nok en stor dreng, der gemmer sig i hjørnet der, hvad?

- Nåe. Jeg er her jo som Jeres tjener..

- Hi, hi… Hun grinede en anelse fjoget. - Så ved jeg sandelig godt, hvordan du kunne få lov til at betjene lille mig...

- Så gerne. Vin? Vand? Mad?

- Åh, pjat med dig! Sådan en stor dreng ved nok, hvad jeg mener! Og ham der, er jo ikke det værd, som jeg har skænket ham i alle årene!

- Nå… Sebastian dæmpede sin stemme og håbede, at det ville få hende til at gøre det samme. Chefen havde allerede set hen mod dem en gang. - Ja, det er jo ikke rart, når man ikke bliver anerkendt..

Heldigvis forstod hun hintet og talte lavere nu. Der var pludselig kommet en vis skarphed i hendes øjne. - Du har fuldstændig ret! Er du klar over, at… Altså du ved vel ingenting om os i virkeligheden, gør du?

- Nej… Jeg er her som sagt kun fordi...

- Fordi du er tjener.. Ja, ja... Hun slog irriteret ud med hånden, der ikke var et glas i. - Nå, men du ved vel, at vi designer og sælger hjemmesider, ikke? Nå, og det er altså mig.. Mig! Der er designeren. Alle de andre programmerer og sælger det, som jeg designer, ud fra kundens ønsker. Og jeg gør et forbandet godt stykke arbejde!

- Det er jeg sikker på frue.. Frøken.. Øh. Sebastian forsøgte at kante sig lidt væk fra hende, under påskud af at skulle se til buffeten, men hun lagde en hånd på hans arm og klemte til.

- Jessica! Jeg hedder Jessica. Og jeg er ikke gift, fordi han, den skid, er løbet fra alle de løfter en mand på nogen måde kan løbe fra!

- Hør Jessica.. Jer tror, at det er noget, du skulle snakke med chefen om..

- Det kan du bande på, at jeg har gjort.. Uh, ha, da ja, jeg har gjort meget mere end at snakke med vores lille Nick.. Hvis du ved, hvad jeg mener? Han kan ikke holde fingrene fra mig. Har du for resten en smøg? Hun så undersøgende på ham.

Sebastian rystede på hovedet. - Beklager..”

- Nå, skidt med det, vi må heller ikke ryge herinde alligevel. Det er hende, der siger det! Jessica sendte et nyt giftigt blik mod chefens kone. - Men i virkeligheden er hun vel god nok. Faktisk ville hun have haft, at jeg beholdt barnet, og så skulle jeg have givet det til dem. Men det ville jeg altså ikke!

- Barnet?” Sebastian så forvirret på kvinden. - Hvilket barn?

- Det barn, som ham den skiderik lavede på mig for et halvt års tid siden! Ja, se du bare chokeret ud, men den gode mand der, vores alle sammens chef, den store IT-guru er en horebuk af dimensioner. Udover, at han er en løgnhals.. Jo, jo! Han tog mig med på båden i tide og utide, og lovede guld og grønne skove, og at han ville lade sig skille og alt det der. Men i det øjeblik, jeg fortalte ham, at jeg var gravid blev han helt skør i hovedet og tævede mig gul og blå og forlangte, at jeg aborterede. Sig mig, er det måske sådan, en verdensmand bør opføre sig? Og han ville ikke forlade sin kone, og påstod, at det havde han aldrig sagt og... Der er bare nogle mennesker, der ikke fortjener al den succes, penge og hvad ved jeg! Jeg kunne gladelig slå ham ihjel!… Hør.. jeg skal have noget mere at drikke. Gider du?

Sebastian nikkede og trak sig væk fra den halvberusede kvinde. Han besluttede, at han ville tage en lille runde før, han nærmede sig hende med mere vin. Hun kunne have godt af at vente lidt med at fortynde sit blod med endnu mere alkohol. Et øjeblik efter så han, at hun havde bevæget sig væk fra hjørnet og nu stod og lænede sit forparti godt og vel ind mod 'nørden', som Sebastian kaldte ham i tankerne. Ved siden af de to stod en anden medarbejder, og denne stak hånden i sine bukser og talte indtrængende til kvinden, mens han rakte hende en pakke, som Sebastian mente måtte være cigaretter. Det gik op for ham, at der ikke var nogen, der røg og ved bestillingen hos cateringfirmaet var det udtrykkeligt blevet pålagt, at der ikke skulle opfordres til rygning, da direktørens kone var stærkt imod det. Sebastian trak på skuldrene, det var ikke hans bord. Det måtte de selv klare, og endnu var der jo heller ikke nogen, der havde tændt en cigaret. Måske havde Jessica tænkt sig at slå et smut udenfor og tage en smøg senere.

- Nå, du! Sørger du nu for at der er nok i glassene? Det var chefen, der pludselig stod foran Sebastian med, hvad han nok selv ville kalde et jovialt udtryk i ansigtet.

- Jo, Hr. Det tror jeg da. Jeg mener, flere af dem sørger jo for sig selv, så…

- Ja, så rigeligt endda.. Hmm Det kan være, at jeg alligevel bliver nødt til at lukke biksen her, når den her komsammen er ovre alligevel. Det er ikke godt at vide, hvad de djævle får programmeret, hvis jeg sender dem tilbage til skrivebordene i den tilstand hvad?.. Hø, hø…

Sebastian smilede. - Nej, måske var det en ide, hvis De arrangerede en fælles løbetur for at brænde et par promiller af. Det er jo vældigt populært, at lave sådan en gang firmasport, og hvis De lægger Dem i spidsen, så vil det se godt ud i avisen…"

Direktøren sendte Sebastian et blik, som om han ikke var klar over, om Sebastian mente, hvad han sagde, eller om han holdt direktøren for nar. Direktøren bestemte sig for, at Sebastian ikke havde noget udestående med ham og derfor ikke kunne tænkes at være ironisk. Han klappede sig på brystkassen i venstre side. - Går desværre ikke, at jeg skal lægge mig i spidsen for en voldsom fysisk aktivitet. Jeg blev opereret for nogle måneder siden og fik pacemaker.. Jeg ved, lægerne anbefaler motion, men jeg synes, jeg kan mærke stingene fra operationen, bare jeg tramper for hårdt. Det er givet vis indbildning, men jeg tror nu ikke, jeg vil udsætte mig for mine medarbejderes hån, med det tempo jeg kan sætte for tiden…

Han slog gemytligt Sebastian på skulderen og fortsatte sin runde. Sebastian gik hen til buffeten for at se, om der var tallerkner, der skulle fjernes eller andet at rette op på. Han så op, da en person kom og stillede sig ved siden af ham. Det var en yngre mand i et nydeligt jakkesæt. Lidt filmstjerneagtigt: Lidt for stort, men skræddersyet, som om det skulle indikere Al Capone moden, der i visse kredse var kommet frem igen. Sebastian studsede et øjeblik, da han så mandens hænder. Et par tynde hvide bomuldshandsker virkede helt malplacerede mod det dyre modetøj. Manden trak skævt smilende på skuldrene.

- Hej! Nå, det er dig, der er tjener her i dag, hvad? Han løftede sine hænder op, og de kikkede begge på de hvide bomuldshandsker. - Ja, er det ikke rædsomt? Men hvad faen.. Jeg har været ved doktormanden og fået konstateret en mild form for psoriasis. Du ved, det der stads hvor huden ligesom skæller af, ikke? Nå, hvad. Jeg har fået noget salve, og doktormanden sagde, at jeg er mildt ramt, og at jeg med stor sandsynlighed kommer mig over det… Nå, men, tjener, hvad? Er det en tjans, der giver noget på kontoen?

- Hej. Øh.. Nåe, det kan man nok ikke sige..

- Nej, det tænkte jeg nok. Du skulle nu prøve at investere lidt, det er måden at tjene gode penge på i dag, kan jeg godt sige dig!

- Nå.. Jamen..

- Ja, du ved måske ikke så meget om det, det er der mange, der siger, når jeg kommer rundt.. Ja, jeg er sælger her i firmaet, men det ved du måske? Nej, hvorfor faen skulle du vel for resten vide det? Men det er jeg altså!

- "Sælger? Sebastian rakte ud og rettede lidt på et par salatblade

- Ja, for faen.. Jeg sælger alt det, jeg kan komme af sted med, og har du set chefens båd derude i floden? Den siger vist lidt om, hvor godt jeg sælger, hvad? En skam, at min kontrakt lyder på månedsløn og ikke resultatbonus. Den skiderik vidste, hvad han gjorde..

- Hvem? Sebastian hørte kun efter med et halvt øre, mens han spekulerede på, hvor meget det forventedes af ham, at han skulle gøre ved en buffet, der ikke var meget i i forvejen, og som nu så mere eller mindre raseret ud.

- Chefen for faen! Ham den halvfede derovre ved vinduet! Han er nok ved at glo på sin nyeste investering! For penge jeg har tjent til ham! Og for at det ikke skal være løgn, så har jeg mange flere ideer, men tror du måske, at han gider høre om dem?

- Det gætter jeg på, at han ikke gør…

- Nemlig! Den idiot fatter ikke, at han kan blive stinkende rig hvis han bare gav mig lidt line!

- Jeg troede, at han var stinkende rig!

- Ja, for faen, men problemet er jo også, at han ikke ønsker, at andre skal have mulighed for at få lidt mere på bundlinjen, kan du fatte det?

- Nej. Nej, jeg må indrømme at…

- Nej, for faen… Sælgeren rettede frustreret på sit i forvejen perfekt siddende hørgule hår med en kam, han trak op af baglommen. Han trykkede håret let med en hånd og stak kammen i lommen igen. - Nej, du forstår det selvfølgelig ikke.. Hør, hvad hedder du?

- Sebastian Ma..

- Sebastian! Goddaw, du gamle! Jeg er Kevin! Hør her! Hvis du havde et firma, ville du så ikke gøre alt, hvad du kunne for at få det til at gå endnu bedre?

- Det tænker jeg..

- Netop! Men se idioten derhenne, han nægter at give mig en del af kagen, og så vil han hellere undvære mine ideer. Det er til at få lyst til mord over!

- Hvorfor går du ikke bare et andet sted hen med dine ideer, hvis de er så gode? Der må da være andre, der kan se mulighederne, selv om din chef ikke kan?

- Ja. For faen, du er ikke dum Sebastian! Men ser du. Skiderikken der, burde have en løkke om halsen, han har jo udtænkt det for længe siden. Da jeg blev ansat her i firmaet for et par år siden, havde han fået lavet sådan en standartkontrakt, påstod han i hvert fald det var, hvor der står, at jeg ikke må bruge min viden og evner andre steder i fem år, hvis jeg vælger at forlade firmaet. Og jeg idiot skrev under på det…

- Er det lovligt?

- Du er skarp! Men ja. Faens også! Jeg har haft en advokat til at se på kontrakten, og skiderikken, cheferen, kan sagsøge bukserne af mig, hvis jeg bryder kontrakten!

Eneste mulighed er, hvis han går hen og glemmer at trække vejret.. Men der er jo ingen, der siger at det ikke kan ske en dag…

- Hør du, Kevin! Det var en af de øvrige i lokalet, der kaldte. - Kommer du ikke herover? Vi har lige et væddemål vi skal have afgjort..

- Nå, for faen. Ja, du gamle. Behold du hellere dit tjenerjob og invester nogle af pengene. Du skal aldrig skrive under på kontrakter, der binder dig på hænder og fødder! Han klappede Sebastian på skulderen og bevægede sig hen mod den gruppe, der havde kaldt på ham. Sebastian fulgte ham kort med øjnene. Han så manden, der havde kaldt række, noget frem mod Kevin, der tog imod, hvad det nu var med forsigtighed. og lagde det i sin jakkelomme. Han sagde åbenbart noget morsomt, for den anden mand brølede af grin.

Sebastian kom i tanke om sit løfte til designeren Jessica om, at komme med mere vin til hende, og han så rundt efter hende, men hun var åbenbart gået et øjeblik, for han kunne ikke se hende nogen steder. Han trak på skuldrene. Måske var hun et sted henne og fylde lungerne med røg. I stedet for lagde han mærke til en mand, der stod lidt for sig selv i nærheden af bordet med drikkevarer og så fortabt ud. Sebastian besluttede at gå derover.

- Kan jeg hjælpe med noget Hr.? Noget at drikke måske?

Manden for sammen, som om han havde stået i sine helt egne triste tanker. Han havde en slidt, lidt for stor sweater og posede brune bukser på. Hans hår var tyndt og redt fra den ene side hen over issen mod det andet øre. Sebastian skar ansigt af sig selv, men gættede alligevel på, at det var regnskabsføreren han stod overfor.

- Undskyld.. Manden så op på Sebastian med mørke øjne. – Undskyld, jeg hørte Dem slet ikke komme..

- Det gør ikke noget. Jeg er jo bare en tjener. Men jeg spurgte, om der var noget, jeg kunne hjælpe med? Sebastian så på ham med sit mest servile smil. Manden rystede langsomt og trist på hovedet.

- Der er intet.. Intet noget menneske kan hjælpe mig med mere…

- Jeg tænkte i første omgang på noget at drikke…

- Åh.. Jo. Jo, måske er det det, der skal til.. De har vel ikke noget med arsenik i… Han forsøgte med et blegt smil.

- Hmmm. Jeg er ked af det. Jeg tror, at vi er udgået for den vare…

- Ja. Ja, det er vi nok, der er nok mange der.. Åh, nå De spøger.. Ja, men så bare, hvad De synes…

Sebastian sendte manden et langt blik og hentede et glas rødvin til ham og tog et glas danskvand med til sig selv. Han kom tilbage og stak rødvinsglasset i hånden på manden og hævede glasset. - Skål på Deres chef..

- Sk.. På chefen, siger De. Nej så tror jeg ikke, at jeg..

- Nå, men så skåler vi bare… De drak og stod tavse et øjeblik. Sebastian fik ondt af manden. - Ja, undskyld, at jeg siger det, men De ser mildest talt meget forstemt ud, hr..''

- Jenkins.. Mit navn er Hr. Jenkins. Jeg er regnskabsfører her i firmaet.. Det vil sige..''

Sebastian nikkede for sig selv. Jeg vidste det, tænkte han, nogle mennesker er bare så stereotype.

- Det må da være fantastisk, at være regnskabsfører i et firma, der tilsyneladende går så godt?

- Jo.. Jo, det kunne man vel tænke sig at det måtte være… Ja…

- Men det er det måske ikke?..

- Jeg.. Det.. Manden trak vejret tungt, så den lille fugleagtige brystkasse hævede sig helt op under hans hængende hage og hals. - Der er jo det med regnskaber, at de helst skal stemme..

Sebastian betragtede den lille mand. Regnskabsfusk. Var det det, han var ude i? Men hvorfor så stå og indrømme det?

- Ja. Regnskaber skal stemme. Det siger sig selv, men somme tider kan man vel komme ud for, at de ikke stemmer?..

- Ja.. Ikke hos mig.. Ellers.. Men..

- Men De er i problemer?

- Ja. Ja sådan kan man måske godt sige det.. Hør, hvorfor mon jeg står og fortæller Dem alt det?

- Fordi De ved, at jeg ikke har noget med firmaet at gøre. Det er lige som at gå til sin præst og indrømme ting. Man kan føle lettelse ved at tale om det, uden at det koster en noget..

- Ja. Ja, det er nok sådan det er.. De er en klog mand..

- Så, hvad med at lade mig høre hele historien?

- Historie.. Ak, ja, gid det bare var en historie… Manden tav, og de stod i lang tid sammen uden at sige noget. Så trak den lille mand, Jenkins, vejret tungt igen. - Jo.. Måske vil det være rart at fortælle en om det. Hvis nu.. Hvis nu der sker chefen noget… Så er det sagt på forhånd.. Så er der en, der kender til…

Han blev stille igen.

Sebastian ventede.

- Ja.. Det er den rene Dickens, den historie, det tror jeg, at De vil synes. Det gjorde han jo… Jenkins nikkede over mod chefen, der nu stod og snakkede med den skønne Jessica.   Ingen af dem så dog ikke ud til at være i fødselsdagsstemning.

- Da jeg kom og fremlagde mit problem for ham, grinede han bare og sagde, at det var mange år siden, han sidst havde beskæftiget sig med Dickens, og at han ikke havde tænkt sig, at begynde nu… Men der er jo mit lille barnebarn…

- Et barnebarn?.. Sebastian følte, han måtte holde samtalen i gang for ikke at risikere, at manden trak sig ind i sig selv igen.

- Ja… Mit barnebarn. Lille Rose på fire år. Hun er syg, forstår De, og skal behandles. Og hun kan blive rask.. Hun vil blive rask, det har de sagt. Med min hjælp bliver hun rask..”

- Det er da gode nyheder..

- Ja.. Ja, det er det absolut.. Men ser De. Det koster jo penge, de behandlinger. Og hendes mor, min datter, er selv uden arbejde, og mit giver jo ikke mere end det det gør. Ingen formue…

Det dæmrede for Sebastian. Og her sad De med millioner i hænderne og havde brug for lidt af dem til at hjælpe Deres barnebarn. Spurgte De direkte chefen?

- Ja…. Jeg gik til ham og fremlagde sagen. Det var jo bare et lån, jeg var ude efter.. Banken ville ikke.. Men han sagde nej.. Og så købte han den båd derude… Jenkins nikkede mod vinduet.

- Og så tog De selv?

- Ja… Det var jo meningen, jeg ville betale tilbage.. Åh! Gid han var død! Jenkins drak slubrende rødvinen i sig og tømte glasset helt. Sebastian tog det ud af hænderne på ham, og skyndte sig at hente en ny omgang. Han stak det fyldte glas i hånden på regnskabsfører Jenkins, der med det samme slubrede halvdelen af det i sig også. Han stirrede på Sebastian med fortinnede øjne. Tak…   Så vendte han sine tomme øjne ud i lokalet, men hovedet var rettet mod direktøren. Jenkins trak vejret dybt endnu en gang, men denne gang, fik det ham til at ranke ryggen, så vendte han igen blikket mod Sebastian.

- Tak, fordi du ville høre på mig! Jeg har taget en beslutning! Nu må dette have en ende! Så må det briste eller bære! Han drak ud og stak det tomme glas i hænderne på Sebastian, der betænkelig tog imod det, og gik hen for at sætte det ved de brugte glas i den ene ende af bordet. Da han vendte sig om, var Jenkins forsvundet, men til gengæld var Jessica kommet igen. Hun ledte rundt i lokalet, Sebastian gik ud fra, at det var ham hun ledte efter, men hun lod øjnene vandre videre uden at standse ved hans. Han trak på skuldrene, der var heller ingen grund til ligefrem frivilligt at opsøge mere ballade, tænkte han og fik i det samme øje på direktørens kone, der stod og lavede fagter mod ham.

- De der! Tonen var skarp.
  Sebastian bukkede ironisk. - Fruen kaldte!
- Tak, det er godt! Ingen næsvisheder! Hun stirrede på ham et langt øjeblik. - De ser og hører vist flere ting, end man lige skulle regne med af en tjener!
- Jeg ser og hører bare på, hvad folk vil have at spise og drikke frue, det er mit job!
  Sebastian tænkte på, hvad chefen for cateringfirmaet ville sige, hvis Sebastian ragede sig uklar med "Bagley does IT" firmaet. Bossen havde jublet, da ordren var kommet ind. - Det her Sebastian! Det kan være begyndelsen på et vidunderligt venskab! Professionelt naturligvis! Det kan godt være, at det er en lille ordre denne gang, men hvis du gør dit arbejde godt nok, så kan det være, at Nick Bagley vil bruge os en anden gang, og den mand har kontakter Sebastian!
  Direktørfruen fnyste. - Hmmm. Såe? Jeg gad nok vide, hvad den små Jessica har fortalt dig i al fortrolighed? I så ud til at have en nydelig lille snak før!
- Sagen er jo netop, frue, at tingene var sagt i fortrolighed…
- Jaså? Men så får jeg næsten lyst til, at lægge mine fortvivlede tanker i dine hænder også, så kan du jo se, hvad du får ud af at blande de kort!
- Jeg tror bare, at De kommer til at fortryde, frue…
- Ja. Jeg kommer ganske givet til at fortryde det, jeg har til hensigt at foretage mig! Men det vil ikke afholde mig fra at gøre en ende på det kryb alligevel! Det er min mand jeg taler om, men det har du måske gættet?
- Jeg troede faktisk, De talte om Jessica..
- Åh, det pjevsede lille pigebarn. En golddigger! Har De nogensinde hørt det udtryk, Sebastian? Og tro ikke at jeg taler om Klondike i 1898…
- Jeg går ud fra, at De refererer til frk. Jessicas fornemmelser for direktøren?..
- Jeg vidste jo, at De havde øjnene med Dem! Ja, det er Jessica, jeg hentyder til. Hun skulle bare lige vide. Hun tror, at min mand har penge, som stjernerne på himlen… Men i virkeligheden er det mine penge, ser De, så han ville aldrig forlade mig, for firmaet bærer ganske vist hans navn, men pengene er mine…
- Nåe.. Men ved en skilsmisse..

- …Ville han intet få! Vi har ægtepagt, ser De… Hvad hedder De egentlig?

- Sebastian, frue. Sebastian Manley.. Men jeg tror, at jeg… Sebastian forsøgte, uden held, at finde en anledning til at vikle sig ud af en samtale, han ikke på nogen måde havde lyst til at deltage i, men direktørfruen havde andre ideer. Hun stillede sig foran ham og hævede glasset. - Skål for Dem, Sebastian Manley! Jeg selv hedder Emily.. Nick og Emily, sådan siger vores venner. Altid Nick først, er det ikke henrivende?

- Hmmm. Jeg fornemmer i Deres tonefald, at De ikke synes det i hvert fald.

- Måske synes jeg bare, at den, der har pengene skal nævnes først.

- Så det er pengene, det kommer an på?

- Når der ikke er andet at byde ind med… Jeg forsøgte jo, at få hende til at beholde barnet, men han ville ikke have det, og hun ville ikke give det fra sig. Men selvfølgelig vil han heller ikke have en unge på slæb, hvis han skulle blive nødt til at flygte til Sydamerika! Skønt.. Nu får han ikke brug for den plan… Hun drak en tår af vinen og lod den rulle rundt i munden som en kender. - Det er udmærket vin I serverer Sebastian.

Sebastian smilede skævt. - Det bliver min bos glad for at høre..

- Ja.. Det er vigtigt, at gøre chefen glad, er det ikke?

- Joe.. Det pynter unægtelig på ens bankkonto, at der kommer løn ind på den hver måned, men det problem har De nok ikke..

- Nej, vi rige har ingen problemer, vel?.. Men hvis jeg fortalte Dem, at min mand har begået underslæb mod firmaet, og overført en hel del penge til hemmelige konti, eller han tror i hvert fald, at de er hemmelige, så kan De sikkert forstå, at jeg også kan have mine problemer.. Men det vil jeg nu sætte en stopper for en gang for alle..

- Har De ikke fortalt ham, at De ved det?

- Næ, nej! For så ville han sikkert stikke af med det samme, og få det ud af det, han kunne. Han skal ikke tro, at jeg bare vil lade mig skille og lade mine penge gå til en eller anden bimbo, som han finder for godt at forkæle!

- Hør frue..

- Emily!

- Emily… Jeg vil nødig gøre Dem fornærmet, men jeg mener ærlig talt, at der må være en veninde eller advokat eller noget, det ville være bedre, at diskutere alt dette her med… Sebastian skulle til at argumentere yderligere, men mærkede en hånd på sin skulder,, og da han vendte sig for at se, hvem det kunne være, forsvandt direktørfruen ud af hans synsfelt, ud af døren til lokalet.

Det var "nørden" som Sebastian i tanker kaldte manden, der havde hentet vin før festen begyndte. Manden med fuldskæg, briller og den sløset hængende skjorte.

- Hej! Jeg hedder Jim! Og du hedder Sebastian, er det ikke rigtigt?

- Jo… Sebastian vred sig, så manden måtte tage hånden til sig, hvis han ikke direkte ville klamre sig til Sebastian.

- Ja. Det var det Jessica sagde. Dejlig kvinde, Jessica, ikke?

- Bestemt.

- Ja. Men du holder fingrene fra hende, det var bare det jeg ville sige!.. Jim smilede koldt, og gav et kort nik og skulle til at gå. Sebastian rakte ud og standsede ham.

- Hør, Jim. Der er nu noget du har fået galt i halsen. Jeg er ikke ude efter Jessica! Men så vidt jeg kan forstå, er hun da ikke din.."

Manden, Jim knyttede hænderne, og Sebastian trådte et skridt tilbage, så han kunne komme væk hurtigt, hvis manden gik til håndgribeligheder. Der var nok en der, der var blevet trådt på en anseelig ligtorn, funderede han.

- Hun er min! Hvem siger andet?

- Hende selv, dit fjols. Og du kan godt slappe af, jeg har dyrket kampsport det halve af mit liv. Hvis du forsøger noget, så vil der lige nøjagtig gå ti sekunder, så ligger du og roder rundt på gulvet. Hvad tror du, den skønne Jessica vil synes om sådan et skravl så?

Manden stod anspændt et langt øjeblik, så slappede han af og sukkede dybt. Han nærmest sank sammen ind i sig selv. - Du har ret. Og jeg er ingen kamphane… I virkeligheden er jeg jo et skvat!

- Jeg ville mere gætte på, at du er firmaets programmør… Sebastian smilede. - Er det ikke næsten uniformen for sådan en? Fuldskæg og briller?

Jim sendte ham et langt blik, men smilede så. - Du har sgu ret! Han gned sig over skægget. - Måske skulle jeg også se at rage det af?.. Han har jo ikke skæg, kan det være det, der gør forskellen?..

Han talte til sig selv, men Sebastian sagde. - Nåe.. Mon ikke der er en hel del andre gyldne årsager…

- Jo. Den skiderik! Jeg kunne lægge mine hænder om halsen på ham, og blive ved med at klemme til, til han ikke kunne ralle noget mere!... Eller… Han så på sine hænder. - Jeg finder jo nok på noget andet at gøre i stedet, men det er, hvad han fortjener! En langsom smertefuld død!

- Nu mener jeg jo ikke, at nogen fortjener at dø…

- Nå. Men kan du ikke se, at det er fortvivlende? Her render hun rundt og vrikker med sin lille røv for næsen af ham, og lader ham overdænge sig med alt muligt. Pelse, smykker. Rejser. Og hun labber det i sig. Og jeg kan ikke give hende en skid af den slags ting! Det eneste, jeg kan er, at programmere, og det har altså ikke helt den samme sexappeal som en tur til Rivieraen …

- Du er også på kontrakt?...

- Ja.. Ja, jeg så godt at du snakkede med Kevin. Ja, han undersøgte, om vi kunne komme ud af suppedasen, men det kan vi jo ikke. Jeg kan programmere en blyant til at spille Tangojalousien, men alligevel er jeg fattig som den berømte rotte i kirken, uden mulighed for at slippe herfra. Men det er jo også her hun er, ikke? Jeg kan jo ikke forsvinde, så får han da alt for let spil!

- Er hun virkelig det værd?

- Se dog på hende! Og så det med barnet! Den skiderik! Er du klar over, hvor mange aftner hun har siddet hjemme hos mig og grædt over, at han forlangte at hun skulle få det fjernet?

- Nej. Men hun kunne jo bare have beholdt det..

- Han truede hende med, at han så ville ødelægge hende fuldstændig. Og tage ungen alligevel.

- Kunne han gøre det?

- Hvem ved? Han har lært hende at ryge. Føj! Og når han kan stikke de giftpinde i munden på hende, så kan han vel finde på så mange andre ting. Vi har vel alle et par skeletter i skabet… Måske bliver han snart mit!.. Det vil være en lykkens dag!

Samtalen var ved at blive en anelse morbid. Sebastian så på manden, Jim. - Ved hun, hvad du føler for hende?

- Ja, sgu, men hun griner bare af det! Lader mig bære hende på hænder og fødder, men træder bare på mig bagefter, hvis du forstår metaforen?

Sebastian skulle til at svare, men nåede ikke at sige noget, fordi en anden mand blandede sig i samtalen. Det var den mand, der kort forinden havde råbt på Kevin, sælgeren, på grund af noget med et væddemål. -"Nå, Jim, er du nu ved at græde snot ud over tjenerens skulder? Han så på Sebastian. - Dav! Jeg hedder Vernon! Skal jeg befri dig for tudemiklen her?

- Du kan rende mig et vist sted din amatørprogrammør! Jeg skal ikke befries fra nogen! Jim skubbede Vernon i brystet og forlod lokalet, med døren bragende i bag sig. Sebastian kikkede efter ham, og overvejede kort, om han skulle følge efter, men Vernon standsede ham.

- "Du skal ikke tage dig af Jimmyboy! Han kan ikke tåle et glas, før han begynder at vræle op om Jessica. Og hun gider ham ikke, hun vil hellere lege med direktøren..

- Hvem vil du så lege med? Sebastian begyndte at bevæge sig hen mod buffeten, men Vernon fulgte med.

- Mig? Jeg vil ikke lege med nogen! Eller rettere, der er ikke nogen her, der er dygtige nok til at kunne følge med i de lege, jeg kan!

- Ja, jeg kan i hvert fald ikke følge med lige nu.. Sebastian tog et kik ud over de sørgelige rester. Der var ikke mere spiseligt, selv pyntesalaten var blevet plukket af. Han vendte sig og kikkede over mod bordet med drikkevarer. Folk havde forsynet sig rigeligt. Måske ville det være en god ide, hvis han fyldte op med drikkevarer, før mediefolkene begyndte at strømme ind, som direktøren havde sagt, de ville. Og så kunne han bagefter rydde resterne af buffeten væk. Men han kom ikke lang med sine planer, for Vernon stak en flaske danskvand i hånden på ham.

- Her du, jeg så før, at det er den slags, du skyller halsen med.

- Tak… men jeg skal faktisk i gang med..

- Det bliver der masser af tid til senere… Skiderikken skal nok sørge for, at få fuld valuta for småpengene, han kaster til dig. Drik nu og slap af lidt.

- Med skiderikken antager jeg, at du mener din chef?..

- Jep! Hvem skulle have troet, at der bag et fornuftigt programmørhjerte kunne skjule sig sådan en narcissistisk egoist?

- Er det ikke en pleonasme?

- Sikken en sprogspasser vi har os som tjener. Pleonasme, hvad pokker er det?

- Dobbeltkonfekt… At man siger det samme flere gange, bare med forskellige ord.. Pleonasme!

- Som, hvis jeg siger Nick Bagley, kraftidiot, fjols og horekarl i en og samme sætning?

- Det må stå for din egen regning…

- Jep!

- Hvad har han gjort dig? Direktøren? Sebastian tog en tår af sin danskvand og så nysgerrigt på Vernon.

- Lad mig sige det på den her måde. Hvis du kom op med en ide om… Han så på bordet med drikkevarer og på buffeten. -… Ja, hvad ved jeg om catering? Men hvis du nu kom op med en skidegod ide, som kunne gøre tingene nemmere for Jer alle sammen, forøge indtægten i firmaet og sætte gang i videreudviklingen. Og din chef så bare lukkede ørene og sagde, at du var et fjols. Hvad ville du så gøre?

- Søge et nyt arbejde..

- Jep! Det ville jeg sgu også gerne. Men er du klar over..

- Kontrakten? Ja, jeg har hørt om den..

- Hmmm. Og det mest irriterende er faktisk, at Nick plejede at være en ok programmør, selv om han jo nu er administrerende direktør, det glemmer han aldrig at fortælle os. Men han har sgu glemt, hvordan han selv startede! Og det med at se guldæggene lige, når hønen nærmest vender røven til og lægger dem for næsen af ham, det kan han ikke! Og de guldæg, han rent faktisk opdager, sørger han for selv at tage æren for. Han hører til typen, der kapper hovedet af hønen i stedet. Men denne gang skal det nu blive ham, der får hovedet kappet af!

- Hvad mener du?

- Åh… Vernon så ud som om, han havde sagt for meget. - Ikke noget, det er bare sådan noget man siger… Nå, du, jeg smutter igen. Vi kan jo ikke have, at jeg holder tjeneren fra at udføre sit arbejde, vel! Tak for sludderen!

Vernon nikkede kort mod Sebastian og gik så larmende hen mod Jessica og regnskabsføreren, der stod og snakkede sammen.

Sebastian så rundt i lokalet De var der alle sammen nu. Direktørens kone Emily, elskerinden Jessica og programmøren Jim. Alle var kommet ind i lokalet igen med nogle minutters mellemrum og havde demonstrativt valgt hver deres ringhjørne. Jessicas beundrer, programmøren Jim, havde stoppet op nogle korte øjeblikke og lånt en mobiltelefon af regnskabsføreren Mr. Jenkins, der med attituder havde givet Jim lov til at beholde mobilen. Sebastian antog, at Jims egen mobil måske manglede strøm.. Der var også sælgeren Kevin og den oversete programmør Vernon. Og ikke en af dem kunne fordrage fødselaren Nick Bagley, der stod og kikkede ud ad vinduet, mens han så på sit ur.

Emily stod ved siden af ham og rakte en æske frem mod sin mand, der rystede på hovedet, men til sidst opgav og tog imod den pastil, som han fik tilbudt. Sebastian kunne genkende den mørkeblå gajolæske på afstand. Emily sagde noget mere, men Nick Bagleys attitude tydede ikke på, at de var enige om, hvad det nu end var, de diskuterede, og kort efter trak Emily sig og gik hen og snakkede med Mr Jenkins, der så sørgmodigt op på hende, da hun pludselig stod ved siden af ham og lagde en hånd på hans arm. Direktøren havde vendt sig helt mod vinduet igen. Det var givetvis mediefolkene, han så efter. Uden at vide, at de seks andre på hver deres måde havde givet udtryk for så hadefulde følelser, at de havde ment, at han skulle slås ihjel.

Sebastian rystede på hovedet og gik hen til bordet med drikkevarer. Her havde han sat de tomme kasser under bordet, dækket af dugen, og han fandt nu en af kasserne frem, og henne ved buffeten fik han samlet resterne sammen og smidt i kassen. Han tog sig ikke af at lægge det ned i orden, det kunne han gøre i køkkenet på cateringfirmaet, han ville være klar til at forsvinde fra denne hadefulde atmosfære så hurtigt som muligt.

Han så Jessica gå hen og stå og småsludre med direktøren, da hans kone var gået. Nick Bagley spurgte hende tilsyneladende, om hun havde nogle cigaretter, for hun rodede i sin taske og fandt en pakke og rakte ham en, som han tændte med en ligther han havde i lommen. Så snakkede de et øjeblik mere, men Jessica forsøgte at trække sig baglæns som om, hun ville ud af samtalen uden direkte bare at vende sig om og gå. Endelig var hun langt nok væk til, at hun kunne vende sig og gå over i den anden ende af lokalet her så Sebastian hende nogle øjeblikke senere stå og rode i sin taske. Hun fiskede den krøllede pakke cigaretter op og trak en ud af pakken og stak den i munden, mens hun ledte efter noget i tasken, formodentlig lighteren. Hun fandt den og fik tændt cigaretten med hænder, der rystede en anelse, lagde Sebastian mærke til, så smed nun lighteren ned i tasken igen med et fraværende udtryk i ansigtet. Eller rettere, hendes koncentration var rettet mod noget andet end tasken. Ikke direktørens kone Emily, der med rynket pande i hastige skridt var på vej mod den rygende synderinde, men mod direktøren selv, der stadig stod i den anden ende af lokalet, ved vinduet mod floden med ryggen til sit selskab.

Emily og Jessica begyndte en diskussion, der startede lavmælt, men som efterhånden steg i styrke, så mændene vendte sig og stirrede på de to kvinder. Alle mændene, bortset fra Mr. Jenkins, der med slæbende skridt overhørte skænderiet og luntede over til bordet med drikkevarer. Sebastian stod ved buffeten, men noterede sig at Mr. Jenkins fyldte to glas med rødvin, og han undrede sig over at se, regnskabsføreren balancere begge glas hen mod direktøren og række ham det ene. Sebastian formodede at Mr. Jenkins må have sagt skål eller lignende, for kort efter klinkede de to mænd og drak. Sebastian syntes regnskabsføreren nærmest kastede rødvinen i sig, det måtte mindst være det fjerde glas på under en halv time, og manden så ikke ud som om han plejede at drikke tæt, så der måtte efterhånden være anseelige promiller i hans blod.

De to programmører Jim og Vernon stod og snakkede og skulede med mellemrum mod deres direktør. Buffeten var ikke ret langt fra der, hvor de opholdt sig, så

Sebastian havde ikke besvær med at se deres ansigtsudtryk og gebærder, men på grund af kvindernes skænderi kunne han ikke høre, hvad de to mænd talte om, men de så meget intense ud. Pludselig trak Vernon lidt ud i sin jakke og viste Jim noget, som han bar på i sin inderlomme. Sebastian kunne ikke se, hvad det var for Vernon stak det hurtigt i lommen igen og lyttede indtrængende til Jim, der argumenterede med store armbevægelser, men i et hæst hviskende tonefald.

Sælgeren Kevin stod ved bordet med drikkevarer og tappede med fingrene mod bordet. Han så spekulativ ud og skævede flere gange rundt i lokalet, men hver gang standsede hans blik i flere sekunder ved direktøren Nick Bagley. Pludselig så det ud som om han tog en stor beslutning. Han trak vejret dybt og vandrede målbevidst hen mod sin direktør med den ene hånd i sin lomme. Hånden trak han hurtigt op, da han nåede direktøren og slog denne jovialt på skulderen og begyndte at tale til ham. Nick Bagley rystede flere gange på hovedet og Sebastian ville gerne have været nærmere, så han kunne høre, hvad der blev sagt, men der var ingen direkte grund for ham til at gå derover, så han blev hvor han var og arbejdede videre.

Sebastian have en velkendt fornemmelse i maveregionen. Han havde haft fornemmelsen den sidste times tid, men forsøgt at ignorere den. Uden held. Der var noget helt galt i dette lokale. At hadet var nærmest fysisk tilstede, havde han konstateret for længe siden, men det, han følte nu, var noget meget mere intenst. Han kikkede rundt på de ansatte, direktøren og dennes kone. Syv mennesker. Ingen af dem var ret glade for hinanden, med undtagelse af Jim, der nærede en ensidig betagelse for den skønne Jessica, der ikke var upåvirket, men heller ikke nævneværdig interesseret. Hun virkede mere som om, han var endnu en rar erobring som man strøg med hårene fordi det nu engang var behageligt at blive beundret.

Sebastian havde fyldt kassen og besluttede sig for at få den ned i varevognen med det samme. Han trængte til luftforandring. Han tog fat om kassen og bar den uden besvær hen mod døren. Kassen var tom nu, så der var ingen grund til at bruge sækkevognen, som han havde efterladt i gangen uden for festlokalet. Idet døren gled i bag ham, hørte han en gennemtrængende lyd fra en mobiltelefon. Et kik over skulderen fortalte ham, at det var direktørens telefon, der ringede, så ramte døren dørkarmen, og synet forsvandt. Ned med elevatoren og ud på parkeringspladsen og hen til varevognen. Han stillede kassen fra sig og så på sit ur. Klokken var næsten halv tre. Sebastian gik ud fra, at de omtalte medier snart måtte vise sig på banen, hvis de skulle præsenteres for den store lykkelige familie, pro forma i tide til at få det med i morgendagens udgaver. Han fik låst varevognen op og sat kassen ind i rummet. Så låste han igen og kikkede op mod vinduerne. Direktøren var ikke at se, men så kom Sebastian i tanke om, at han jo også havde stået og kikket ud af vinduet, der pegede mod floden omme på den anden side af lagerbygningen, Sebastian kunne fornemme flodens tilstedeværelse på mågerne og maritime lyde som sejl, der foldede sig ud, når de fangede en svag vind, mekaniske lyde af spil, der blev drejet rundt og lyden af både indenbords- og udenbordsmotorer.

Han så på den gule Porche og kunne ikke dy sig for at tage et kik mere på herlighederne, men så meldte den dårlige samvittighed sig, og han trak på skuldrene og vendte om for at gå op til direktør Nick Bagleys fødselsdagsselskab igen.

Intet var, som da han forlod lokalet. Begge borde var væltet, og drikkevarerne, både vinflasker og øl og vandflaskerne, lå spredt ud over et større område, flere af dem var slået i stykker, så væskerne flød ud på gulvtæppet, der ikke havde kostet under tusind kroner kvadratmeteren. Sebastian standsede dog ikke for at spekulere på om rødvinen på en eller anden måde kunne tages af det dyre tæppe, for et andet sted på tæppet lå firmaets direktør, og det var ham, Sebastian styrede hen imod. De andre tilstedeværende stod alle fordelt langs væggene og stirrede apatiske mod Nick Bagleys snart sjælløse krop, der stod i en bue op fra gulvet, så han næsten kun berørte tæppet med hoved og fødder. Hans ansigt var fortrukket i et djævelsk grin, og han hev rallende og meget krampagtigt efter vejret. Savlet silede ud af hans mundvige, og det var tydeligt, at han havde forsøgt at kaste op, men hans muskler var lammede og han var ved at blive kvalt i sit eget opkast, ud over de øvrige ting, der måtte være ved at gøre det af med direktør Nick Bagley. Hans pupiller var stærkt udvidede, men han så ingenting mere.

Sebastian støttede på sit ene knæ mod gulvet og følte på Nick Bagleys hals efter et pulsslag, men han vidste på forhånd, at han ikke ville finde livstegn. Den blålige tunge, de opspilede øjne, og blodet, der sivede ud af næse og ører, var tydelige tegn på at direktøren var kommet voldeligt af dage.

Sebastian stak sin hånd i lommen og fik fat i sin mobiltelefon og ringede til alarmcentralen og rekvirerede både politi og ambulance. Så lukkede han telefonen og stak den i lommen igen, rejste sig og gik resolut hen til døren og låste den. Han vendte sig mod forsamlingen.

- Som I ser, har jeg låst døren. Den bliver ikke låst op igen før, politiet er ankommet, så I har ikke mulighed for at forlade lokalet. Jeg må bede Jer om at forholde Jer i ro. I kan eventuelt rejse bordene op og sætte Jer på dem, hvis I trænger til at sidde ned.

Der var ingen reaktion. Han gik hen til vinduerne for at åbne dem, lugten af rødvin og død blandede sig med flere andre ubehagelige, men uidentificerbare lugte, og Sebastian trængte til frisk luft, men han opdagede, at ingen af vinduerne kunne åbnes i dette lokale. Måske var det meget godt. Så var der ikke på den måde mulighed for, at nogen kunne forsøge at afhænde mordbeviser den vej. For at der var tale om et mord, var Sebastian ikke i tvivl om. Et særdeles voldsomt mord. Der var noget ved Nick Bagleys lig, der fik Sebastian til at rynke panden, noget der ikke stemte. Han gik hen mod den døde igen, men inden han nåede helt derhen, blev han standset af Jessica stemme, der med en hæs, rystende stemme forlangte at få af vide, hvorfor han mente, at han havde ret til at foretage undersøgelser af liget.

- Jeg er detektiv! Svarede Sebastian kort, men Kevin lo kort, hånligt. - Hør en loppe gø! For ti minutter siden var du tjener, og nu er du pludselig steget i graderne?

- Det er faktisk omvendt. Jeg er detektiv af profession og tjener af økonomisk nød. Jeg har et kort i min pung som bevis, hvis nogen af Jer måtte ønske at se det, men I kan roligt tro mig på mit ord. Sebastian studerede dem en efter en. - Jeg ved ikke, om I kender forfatteren Dorothy Sayers? Agatha Christie kender I i hvert fald. Begge er kendt for at lave krimier, hvor der er et begrænset antal mulige mistænkte fordi den kriminelle handling, mordet, er foregået et isoleret sted, hvor kun de tilstedeværende kan være under mistanke. I kan alle nu betragte Jer som værende under mistanke…

Hvis han havde ønsket en reaktion, blev han skuffet. Ingen reagerede. Ikke med sammenbrud og tilståelse i hvert fald. Heller ikke med voldsomme benægtelser, hvilket forbløffede ham et stykke tid indtil han indså, at alle havde en grund til at ønske Nick Bagley død, og måske snarere end at fordømme morderen, i deres stille sind takkede vedkommende for udåden. Sebastian så i korte glimt de foregående timer som snapshots for sit indre blik. Jessica, der giver sin direktør en cigaret, Mr. Jenkins, der uopfordret, så vidt Sebastian kunne bedømme henter et glas rødvin til den forhadte chef.

Så hørte de alle sammen bilerne, der kørte ind på parkeringspladsen. Der var mange biler lige pludselig. Sebastian gik hen og kikkede ud ad vinduet. Der var politi og ambulance, men også en tre, fire andre biler, sikkert de omtalte mediefolk, dem fik politiet hurtigt viftet længere væk, men ingen magt på jorden havde kunnet få dem til at forsvinde helt. Sebastian gik hen til døren og stak nøglen i låsen og låste op, netop som den første politimand var ved at træde ud ad elevatoren. Sebastian gik ud på gangen, og trak døren i efter sig og efterlod de mistænkte med den døde direktør.

Dagen efter sad Sebastian på kriminalbetjent Jansons kontor med en kop kaffe i hånden.

- Det er nok den mest effektive aflivning, jeg har set i min tid i korpset. Og en af de mest modbydelige, må jeg sige, og selv om samtlige mistænkte er tilbageholdt, har jeg stadig ingen ide om hvem, der kan have begået noget så bestialsk. Janson rystede på hovedet og tørrede sine hænder mod buksebenene, som om han stadig kunne føle den døde og virkningerne af hans dødedans på dem.

Sebastian følte med ham. Selv havde han taget bad fire gange det sidste døgn, brændt det tøj han havde haft på, og fået bilen givet en grundig overhaling inden, han afleverede den hos cateringfirmaet.

- Hvad døde han af?

- Det er sgu et godt spørgsmål! Hvad døde han ikke af, må du hellere spørge om! Patologen har været på arbejde hele natten, og han siger, at han næsten har været igennem hele lærebogen…

- Lad mig gætte… Skarntyde…

- Jep!

- Ja, pupillerne, opkastet, muskelkramperne og så videre, sagde næsten det hele der…

- Han havde røget det. Har du hørt om det før? Vi kan vel alle vores Sokrates og alt det, men han drak sgu da stadset. Gutten her røg det.. Gad vide om det er en ny tossetobak? Skal vi nu til at være bange for at finde hele byens ungdom liggende døde rundt omkring?.. Kriminalbetjent Janson så syg ud ved tanken. Sebastian havde været ved at tage en tår kaffe. Han sænkede langsomt koppen uden at få drukket.

- Sagde du røget det?

- Jep! Vi fandt også cigaretstumpen. Det var sådan set at få serveret hele mordet på et sølvfad, for både mistænkte, mordvåben og den myrdede var der samt en masse vidner, bortset fra…

- At de ikke vil tale.

- Jo, sgu, de taler fanden et øre af alle sammen, men ingen af dem har en eneste historie, der stemmer overens med nogen af de andres! Og så er der jo også det, at selv om skarntyden ikke havde taget livet af det stakkels fjols, så var han såmænd død alligevel..

Sebastian kneb øjnene sammen, men nikkede langsomt.

- Nå, det blev du sgu ikke forbavset over at høre! Jeg gad nok vide, hvorfor?.. Janson stirrede på Sebastian og lænede sig ind over skrivebordet.

- Hmmm.. Det bliver et vildt gæt det her, men var der en mobiltelefon indblandet?

- Jep! Rigtig igen! Du er sgu god til den leg her… En mobiltelefon, der vatr blevet fusket med, så mine teknikere stadig nærmest ikke tør røre den. De har forlangt, at jeg rekvirerede specialværktøj udformet i plastik, og at rummet de skulle arbejde i var totalt tørt. Ikke en promille fugtighed derinde nærmest, ellers ville de ikke røre skidtet. Den, der har arbejdet med tingesten har installeret et elektrisk felt, der kunne slå en elefant i jorden..

- Og Nick Bagley havde pacemaker. En elefant udenpå måske, men en myg inden i, men det vidste han selvfølgelig ikke..

- Hvad? Sidder du og påstår, at stodderen ikke vidste at han bar rundt på en maskine, der sagde dikke dik for ham?

- Jo, direktøren vidste selvfølgelig, at han havde pacemaker. Han fortalte mig det faktisk selv. Nej, jeg taler om ham, der har fikset mobiltelefonen…

- Hvis du ved, hvem det er så har vi jo vores morder der!

- Nej.. For jeg kan ikke få billedet til at passe. Ham, jeg tænker på med hensyn til mobiltelefonen, vil ikke se til en cigarets side…

- Det er jo heller ikke ham, der skulle ryge den..

- Nej, men han måtte jo have tilbudt Bagley det, og det ville han aldrig gøre.

- Måske havde Bagley selv smøgen på sig? Hvis det er tilfældet, så udvider antallet af mistænkte sig jo til snart sagt den halve verden, det vil ikke være så godt..

- Men han havde ingen cigaretter på sig! Jeg så, at han modtog en fra en af sine ansatte. Jeg hørte ikke ordvekslingen, men kropssproget var tydeligt nok, han bad hende om en cigaret, så kan han ikke have haft nogen på sig selv.

- Hende?..

- Ja.. Men hun ville ikke kunne ordne en mobiltelefon, det er udelukket…

- Hvad så med et fait accompli mellem de to?

Sebastian sukkede. Han kunne godt se Jessica gå med på "spøgen", hvis Jim på den måde i hendes øjne kunne hævne hende og samtidig beskytte hende. Men han havde svært ved at se Jim acceptere, at Jessica kunne risikere, at blive draget med i faldet. Det ville hans beskytterinstinkt over for hende aldrig tillade, og han var for kvik til ikke at indse, at det kunne være en risikofaktor, de måtte regne med.

Sebastian var stærkt tilbøjelig til at udelukke det samarbejde. Kriminalbetjent Janson sukkede.

- Normalt ville jeg jo mene, at du måske var lun på den skønne, og derfor ikke brød dig om tanken, men jeg har på fornemmelsen, at det ikke er det, det drejer sig om her?

De sad lidt i deres egne tanker så sagde Sebastian. - Du sagde, at patologen havde været igennem hele lærebogen. Hvad mente du med det?

- Strykninen og..

- Stryknin!! Sebastians hoved røg op med et ryk. - Det er afsindigt farligt!..

- Tjae, manden døde jo sådan set også..

Sebastian tænkte længe. Nick Bagleys dødskamp havde været voldsom og grusom at se på. Den spændte krop, der nærmest stod i en bue over gulvet, så kun hoved og fødder rørte gulvet var tydelige strykintegn, og Sebastian undrede sig over at han ikke selv havde tænkt på giften, men der var jo skarntyden…

- Hvordan?... Hvordan fik han strykninen i sig? Det smager afsindigt bittert, har jeg læst et sted.

- Afskyeligt, siges der. Men så vidt laboratoriet og patologen har kunnet finde ud af, har manden indtaget noget oralt kort før han døde..

- Gajolen… Sebastian hensank igen i dybe tanker. Janson måtte kalde på ham et par gange for at få ham gjort nærværende igen.

- Hør nu tænker jeg, at du snart må fortælle mig din historie igen og denne gang noget grundigere end i går. Det virker, som om du tager ordene ud af munden på mig. Du ved vel også om nikotinen så?... Og..

Sebastian stønnede. - Er der mere?.. Det er jo helt afsindigt!

- Det kan vi sådan set godt blive enige om!…

- Vent… Hvad med.. Hvad med fingeraftryk?

- Ja, se det gør sådan set bare affæren endnu mere interessant, om man så må sige. På de forskellige mordvåben, cigaretten, mobiltelefonen, gajolæsken og så videre, er der ikke alene direktørens egne fingeraftryk, men samtidig aftryk fra mindst to af de mistænkte. Men i en skønsom blanding. For eksempel er der på cigaretskoddet fingeraftryk fra både Mr. Bagley samt designeren Jessica og direktørens frue Emily Bagley. Og sådan er det hele vejen igennem.

De sad begge to og stirrede mørkt frem for sig, stirrede indad for at sc, om de på nogen måde kunne løse denne tillægsgåde.

Sebastian og kriminalbetjent Janson stod foran gruppen af mistænkte for mordet på IT-direktøren Nick Bagley, hvilket samtidig var de mennesker, han havde haft i sit brød, så at sige, samt hans kone, der i sidste ende havde haft ham i sit brød. En rodet affære. To andre betjente stod diskrete langs væggen bag de mistænkte og holdt nøje øje med deres bevægelser.

Der var nu gået omkring en uge siden direktør Nick Bagley fra IT-firmaet Bagley does IT brutalt og nådesløst blev myrdet af en eller flere personer, det vidste ingen med sikkerhed endnu.

Sebastian kikkede på de seks mennesker. Direktørens kone Emily, elskerinden Jessica, hendes beundrer programmøren Jim, sælgeren Kevin, regnskabsføreren Mr. Jenkins, og den oversete programmør Vernon. Og ikke en af dem kunne fordrage afdøde Nick Bagley. Endda havde deres afsky et sådan niveau, at de hver især havde givet udtryk for håbet om Nick Bagley snarlige død. Han huskede, hvordan han næsten ordret havde tænkt nøjagtig det samme kort tid før direktøren gik fra at være hadet, men levende, til at være afdød. Sebastian noterede sig, at de alle seks så let nervøse ud, men det kunne sagtens skyldes de uvante omgivelser. Men ingen af dem så direkte skræmte ud. Det kunne tyde på, at morderen troede, at han eller hun kunne gemme sig i mængden, eller?..

Sebastian havde et par dage før fået en vanvittig ide, som han og kriminalbetjent Janson havde brugt de sidste otteogfyrre timer på at diskutere om og om igen. Kriminalbetjent Janson havde været stærkt afvisende i begyndelsen, alene fordi ideen var for fantastisk. Men efterhånden som beviserne, der desværre lå i en gråzone mellem at være konkrete beviser eller stærke indicier, da de hobede sig op og så mere og mere sandsynlige ud i Sebastians udlægning, havde han givet sig og accepteret dagens konfrontation. Lyd- og billedoptagerne var tændte og de seks mistænkte var blevet informeret om både dette og deres rettigheder, men ingen af dem havde ønsket en advokat til stede. Kriminalbetjent Janson nikkede til Sebastian, der trådte et skridt frem, og så de to kvinder og fire mænd løfte hovederne og stirre på ham, som om de ikke kunne forstå, at en fra deres kreds ville gå imod dem. De timer han havde tilbragt med dem, timer som hver enkelt havde brugt blandt andet på at delagtiggøre Sebastian i deres tanker og liv, antog de tydeligvis som værende timer, der burde have forbundet ham med dem på en nærmest familiær måde. De havde på forskellige måder givet udtryk for, at de syntes, han forrådte dem, da de så ham i lokalet da de blev ført ind af de to betjente ved bagvæggen.

Sebastian rømmede sig.

- Det her er… Begyndte han, -… Set ud fra et professionelt synspunkt, en ret interessant sag. Ét drab, men seks mordvåben. Seks mennesker, der hver især har bedyret, at de ønskede afdøde ud af deres liv på en brutal måde. Men hvem af Jer dræbte ham? Han så rundt på dem. - Lad os se på tiden, inden direktør Nick Bagley rallende trak det sidste smertefulde åndedræt. Jeg tror, at jeg starter med dig Emily…

Han trak vejret dybt og brugte et øjeblik på at samle sine tanker. – Efter, at have talt med mig, forsvinder du, Emily, ud af døren til festlokalet, og der går omkring ti minutter før, jeg ser dig igen. Jessica er forsvundet ud af samme dør et stykke tid forinden, men du, Jessica, havde nået at være forbi mig først. Få minutter efter at Emily kommer tilbage, vender Jessica også tilbage, men I sørger for at fjerne Jer så langt fra hinanden som muligt. Kort efter går Emily hen til Nick Bagley og tilbyder ham en gajol. Du er meget ihærdig, Emily, og til sidst accepterer han og tager imod en pastil, som han stopper i munden. Da han har gjort det, går du hen og snakker med Mr. Jenkins, som du ikke har værdiget et blik før. Jeg ventede på et udbrud fra din side Emily, manden har jo trods alt snydt dig for en hel del penge, og det kan du ikke have været uvidende om, men i stedet for en højrøstet anklage snakker I stilfærdigt sammen.

Sebastian holdt en lille kunstpause og fortsatte så. - Så er der Jessica, der kort efter går hen til sin direktør, en mand som hun kort inden da til mig, har bedyret at hun afskyer. Hun småsnakker hyggeligt med ham, og ender med at tilbyde ham en cigaret. Først troede jeg, at han måtte tigge en af dig, men senere har jeg forstået, at det var din ide, at han skulle ryge. Drillede du ham med at sige, at han måtte være bange for sin kone, hvis han ikke turde ryge? Alle vidste at Emily ikke ville have, at der blev røget på arbejdspladsen, og her står du pludselig i fuld offentlighed og tilbyder hendes mand, din direktør, en smøg. Det interessante for mig at se i den sammenhæng er, at det er en cigaret fra en pakke, som jeg tidligere på dagen så dig modtage af Kevin på en ret intim måde. En mand, som du ellers gav udtryk for, ikke sagde dig noget.

Kriminalbetjent Janson og Sebastian udvekslede blikke. Endnu havde ingen fra gruppen så meget som rømmet sig. Sebastian fortsatte sin monolog.

- Så kommer vi altså til dig, Kevin. På et tidspunkt, hvor Emily og Jessica sørger for at støjniveauet i lokalet når nye højder, står du ved bordet med drikkevarer og tapper i bordet, stadig iført hvide bomuldshandsker. Jeg ser, at du åbenbart er kommet over din hudsygdom, for du har da ikke handskerne på i dag, Kevin?.. Nå, men ikke længe efter, ser jeg dig gå målrettet over mod Nick Bagley, tage noget op af din jakkelomme og derefter dunke ham jovialt i ryggen. Forinden havde du modtaget en genstand fra Vernon, en genstand du havde lagt i din jakkelomme.

Vernon derimod stod på dette tidspunkt i en samtale med Jim. En samtale, der på et tidspunkt åbenbart handler om noget du har i din inderlomme, Vernon, noget som du viser til Jim, som kikker på det med modvilje, før du får det igen…. Hvad det kan have været, kommer jeg tilbage til senere, men i hele denne redelighed er det nok det mest simple, hvilket bare viser lidt om, hvilket grusomt sted verden kan være ind imellem...

Sebastian var blevet helt tør i munden, men endnu havde han ikke kunne få en reaktion frem. Ikke engang den kryptiske afslutning, han lige havde lavet, havde rokket ved nogen. Det så ud som om, han blev nødt til at gennemgå de sidste personers bevægelser også, og måske endda komme frem med den endelige anklage. Anklagen om, hvem han mente, havde slået direktør Nick Bagley ihjel… Han tog taknemmeligt imod det glas vand som kriminalbetjent Janson rakte ham, og tog en god lang tår af det, før han rakte glasset tilbage og fortsatte.

- Jim… Superprogrammøren, hvis egen mobiltelefon åbenbart ikke virkede, og du måtte derefter overtage Mr. Jenkins telefon. Mr. Jenkins var endda så venlig at lade dig beholde den, men jeg gætter på, at han aldrig fik den igen.. Og det, Mr. Jenkins var du nok også ligeglad med, for du havde andre ting i tankerne. På trods af din indrømmelse over for mig om dit bedrageri, for at du kunne betale dit barnebarns lægeregninger og dermed også din indrømmelse af din afsky for din chef, så jeg dig beslutte dig for at småsludre over et par glas rødvin med selvsamme chef. Rødvin, som du havde bragt ham kort tid efter, at Emily var gået fra dig for at diskutere højlydt med Jessica om firmapolitikken omkring rygning….

Der var stadig stille i lokalet, men stilheden havde nu ændret sig, den var blevet mere intens. Sebastian skævede til kriminalbetjent Janson, der nikkede umærkeligt som tegn på, at han følte det samme. Han trådte hen ved siden af Sebastian. Det var nu morderen skulle afsløres, nu stødet skulle sættes ind.

- Ricin er en frygtelig gift, udvundet af en plante, der hedder noget så uskyldigt som Kristpalme. Der skal kun ganske få milligram til, for at gøre det af med et menneske. Det var også grunden, Kevin, til at du bar tykke gummihandsker inden under bomuldshandskerne. Teknikerne fandt gummihandskerne i papirkurven på dit kontor om aftnen. De fandt også nålen med spor af giften boret ind i Nick Bagleys ryg. Nålen med rester af bomuldshandske på. Og et enkelt hår, et øjenbryn, tror jeg det var, Vernon. For det var dig Vernon, der gav Kevin nålen, ikke sandt? Selvom du er en mere lige-på-og-hårdt-mand. Pistolen vi fandt i cisternen på toilettet havde tydelige tegn på, at du havde haft den i hænderne. Fingeraftryk er en interessant ting ikke? Selv om jeg et øjeblik lod mig forvirre af også at finde Jims fingeraftryk på pistolen, indtil jeg kom i tanke om, at jeg havde set Jim stå med noget i hånden, noget som du havde haft gemt i din inderlomme, Vernon. Jim kunne ikke så godt overrække dig pistolen, for så ville der blive alt for meget isenkram at slæbe rundt på ikke, Jim? Du havde jo tankerne på den mobiltelefon, som du havde fusket med, og som Mr. Jenkins havde opbevaret for dig. Mr. Jenkins derimod, havde fået Emily til at holde den lille ampul med nikotin, som du, Mr. Jenkins knækkede. Mr. Jenkins, du, der hældte nikotinen i den rødvin, som du rakte din direktør kort før hans død. Men Emily havde selv fået en gajolæske af Jessica, der ikke ville bære rundt på den, og derfor havde opbevaret den inde på sit kontor. Derfor måtte I, du Jessica, og du Emily, ud af lokalet på et tidspunkt. Du skulle give Emily æsken, ikke sandt? Æsken med gajoler, der alle havde fået tilsat en ekstra ingrediens, som ikke fremgik af pakken, nemlig stryknin… Derimod opbevarede Kevin cigaretpakken for dig, ikke Jessica? Af Jer alle sammen, må det være Jessica, der har nerver af stål, fordi for at fuldende billedet sørgede Jessica for at tage sig en smøg selv få øjeblikke efter, at hun havde presset en cigaret fyldt med skarntyde i hånden på sin chef. Jeg bemærkede godt nok, at dine hænder rystede, da du tændte cigaretten, men jeg tror ikke, jeg selv ville have haft modet til at tænde en cigaret, der meget vel kunne være blevet forvekslet med den, der indeholdt den dræbende skarntyde…

De seks personer foran Sebastian havde alle rettet sig en anelse i stolene, men i stedet for at se forfærdede ud, eller nervøse spillede der små smil i mundvigene på dem. Sebastian anede hvad de tænkte.

- Nu er spørgsmålet så… Var det skuddet fra pistolen der dræbte Nick Bagley? Eller var det strykninen i en gajol? Den uautoriserede mobiltelefon, der stoppede hans pacemaker? Nikotinen i rødvinen? Ricinen på nålen? Eller endelig skarntyden i cigaretten?

Emily Bagley stirrede Sebastian ind i øjnene. - Ja. Sig os det, kære lille detektiv, hvis du kan! Du kan ikke stå der og beskylde gud og hver mand for at myrde nogen, når du ikke ved hvad, der har dræbt vedkommende!

Kriminalbetjent Janson rømmede sig. - Sagen er, at hver enkelt ting ville have slået Nick Bagley ihjel. Desuden har I alle rørt ved mindst to af gerningsvåbene eller giftene…

- Vil det sige, at hvis jeg har en kammerat, der finder på at kvæle en med en fiskesnøre, så vil I hænge mig op på det, fordi jeg engang har været ude at fiske med ham, og tilfældigvis har rørt ved linen? Det var Kevin, der spurgte. Hans øjne glimtede af lystig ironi.

Sebastian sukkede. Der var ingen tvivl om, at alle seks var skyldige, men om de kunne dømmes for mord, eller om de kunne slippe af sted med uagtsomt manddrab, måtte der en hel advokatstand til at finde ud af. Ingen var brudt sammen, alle havde tværtimod stået skulder ved skulder. Kriminalbetjent Janson nikkede til de to betjente ved bagvæggen, og den ene af dem åbnede en dør og bad om forstærkninger, og så blev de seks personer ført ud af lokalet. Kriminalbetjent Janson slukkede for lyd og billedoptagelserne og satte sig sukkende på bordet. - Hvad får du ud af det?

- Jeg ved det ikke. Sebastian bed sig i læben. - Ingen benægter. Det kan de heller ikke. Der er åbenlyse beviser for, at de alle har været involveret, men det kan tage advokaterne mange år at finde ud af dette her.

- Og vi risikerer, at de i sidste ende sagsøger systemet for uberettiget fængsling..

- Ja…. Har du nogen sinde haft så vanvittig en sag?

- Aldrig! Heldigvis er sammenhold sjældent i forbryderkredse, så jeg håber ikke, jeg kommer ud for en lignende nogen sinde igen.

De to mænd forlod lokalet og overlod det til andre at fjerne stole, glas og kande. Sebastian kikkede på sin telefon. Cateringfirmaets chef havde sendt en sms om, at der var en ledig tjans senere på dagen, hvis Sebastian var interesseret… Men Sebastian skulle love, at ingen blev myrdet denne gang, ellers var det slut i firmaet! Det var ikke god reklame, at man kunne læse i aviserne, at kunden var død en voldsom død.

Heller ikke selvom tjeneren havde væren en forklædt detektiv!

Kryds & tværs til novellen: Mordet i IT-firmaet "Bagley does IT"

(Det er en almindelig kryds & tværs, men for at kende svarene til flere af spørgsmålene, skal man have læst novellen. Sådan gør vi på Hyggestunden...)

81↓	■	79↓	32→↓ 33↓	■	41↓	86↓	89↓	■	6↓	■	43↓	8↓	45↓	44→↓ 12↓		24↓
	78			85				10 87↓			42					
	30 31↓														34↓	
■		80			■	88 84↓			13 47↓							
2 9						46 91↓				83↓			39			
7 5		70 71↓		90			82						35			
5				11												
7 2			■	92 93↓				96↓		14↓		36 15↓				
■		7										37 76↓			2↓	
7 3 74↓→			94 25↓			■		■		77 64↓		38 9↓				
		49↓	95 62↓		16 66↓									60↓		
4 8				67 68↓			56↓	■	65			57				
■	61								63 1↓			58				
4 0											21↓	59 26↓				
■	51 50↓			52↓	53↓		54↓	4 18↓								
2 8				17 55↓								27 23↓		69		
						20								■		
3						19			22							

Spørgsmålene til kryds & tværs'en

1. Slangegift
2. Den kendteste af de tre danske svanearter
3. Fordærvet
4. Sebastian Manley er tjener, men hvad er hans hovederhverv?
5. Firkanter
6. Navnet på den nye tolder i 'Livsens Ondskab'
7. Svejseøjne
8. Hvilken bådtype er direktør Bagley's båd?
9. At høre fra en forsvunden
10. Kendetegnende
11. Hvilke planter udvindes ricin fra?
12. Fængslede
13. Jorden
14. Hvor gammel bliver direktøren i novellen?
15. Morgenfugtige
16. Hvilken farve har direktørens Porsche?
17. Udkast
18. Len
19. Tillidspost på arbejdsplads
20. Hvad er IT-firmaets firmaskilt lavet af?
21. Prøve
22. Snævre
23. Rust
24. Connaisseurer
25. Hvilken type bil kommer Sebastian Manley i?
26. Byen, hvor Jesus angiveligt gjorde vand til vin
27. 'Æ' skrevet på en anden måde
28. En konge sidder på en…
29. Billede
30. Hvad bruger Sebastian Manley til at fragte varmekasserne med mad op på?
31. Minister
32. Vejrsystemet
33. Hvad er personen Kevins stilling i IT-firmaet?
34. Eventyrvæsnerne
35. Opdrage
36. Udtale
37. Første tal i talrækken
38. Efternavn på kendt svensk koreograf med fornavnet Mats
39. I 1990 danner gammelkommunister i Polen "Republikkens Socialdemokrati", forkortet til…
40. Hvad er IT-firmaets produkt?
41. Hvad er hr. Jenkins stilling?
42. Sangerinden i bandet 'Infernal', Line's efternavn
43. Hvad byggede Noah?
44. Røg
45. Skolefritidsordning
46. Hensigt
47. Øverst
48. Aperitif
49. Krebsdyrene

50. Største ø i øgruppen Selskabsøerne. Slutter med - iti
51. Forkortelse for 'elektronvolt'
52. Bundter
53. Gammeldags måde at sige "er" på
54. Lufthavnskoden for Kengtung Lufthavn i Myanmar
55. To meget enslydende bogstaven
56. Flet
57. Forkortelse for 'international handels organisation'
58. Meget vigtig person
59. Specialpædagogisk støtte
60. Indianer-'hus'
61. Udgiveren af satirebladet *Æ Rummelpot* Sven-.... (skrevet uden mellemrum)
62. Fortæl uden ord
63. 'To' på svensk
64. Jødisk fornavn til mænd
65. Hundelyd
66. Gå amok
67. Svimmel
68. 'Kilometer'
69. Første bogstav i alfabetet
70. Dobbelt op på vokalen
71. Dobbelt op på vokalen
72. Kik
73. 'Med hensyn til'
74. Ukendt
75. Første bogstav i alfabetet
76. Ujævn
77. Tidsangiver
78. En af Islams 5 tidebønner
79. Toneart i dur
80. Den 6. tone i dur-skalaen
81. Gris
82. Område
83. 'Lim' på engelsk
84. Skylle
85. Forlad
86. Udbrud
87. Google search Appliance
88. Social- og sundhedsassistent
89. Puré
90. Beløb
91. Lille
92. Gamle fortællinger
93. Antallet af ringbærere i Tolkiens 'Ringenes Herre'
94. Tysk pigenavn
95. Før EU
96. Syng uden ord

Spørgsmål nummer..	Og spørgsmålet lyder:….	Hvis du har svaret, er du…
1	Gruppen spiller rock	*Helt ud fænomenal!*
2	Gruppens sange er religiøst og politisk inspirerede	*Temmelig fantastisk!*
3	Gruppen blev dannet i 1976 under navnet "Feedback"	*Ret strålende*
4	Senere ændrede gruppen navnet til "The Hype"	*Du kan bare det der!*
5	I 1978 blev gruppens navn ændret til det navn den har i dag – kendt i hele verden!	*Det er bare godt!*
6	Bandets guitarist spiller ofte også på klaver ligesom han også tit synger med på sangene	*Du vil kunne klare dig ved de fleste middagsselskaber!*
7	Bandets guitarist blev efterhånden kendt som "The Edge" bla på grund af hans markerede ansigtstræk	*Det er sådan set OK!*
8	Bandets forsanger hedder Poul David Hewson, men er kendt under et helt andet, godt, "kælenavn"	*Du skulle hjælpes ret kraftigt, men så kom det…*
9	Men faktisk var det gruppens trommespiller, der grundlagde gruppen, da det var ham, der søgte medlemmer til et band, mens han gik i skole.	*Jo.. Du har da hørt om det før!…*
10	Gruppens nuværende pladeselskab hedder Interscope, men de startede hos Island Records som på det tidspunkt var det eneste pladeselskab, der ville skrive kontrakt med gruppen	*Måske hvis spørgsmålene drejede sig om noget andet…*
11	Bandet består af fire medlemmer	*Så ved du nok så mange andre ting!!…*
12	Bandets første album kaldte de "Boy"	*Ikke lige inde i stoffet…*
13	Poul David Hewson er meget politisk engageret ligesom han er aktiv i mange velgørenhedsorganisationer	*Nå, ja. Man kan jo ikke vide alt…*
14	Bandet er hjemmehørende i Irland	*Hmmm, tjae…*
15	Gruppen er kendt som "samvittighedens stemme" inden for rockverdenen	*Det er tydeligvis ikke et emne du har interesseret dig for….*
	Svaret er naturligvis….	*Tjek svar på side 40*

Spørgsmål nummer..	Og spørgsmålet lyder:….	Hvis du har svaret, er du…
1	Skuespilleren var engelskfødt, men blev en kæmpestjerne i Hollywood fra '50'erne.	*Helt ud fænomenal!*
2	Moren mor blev indlagt på et sindssygehospital da han var ni år gammel, men faren fortalte at hun var død og skuespilleren fandt først ud af som 29'årig at hun var i live og indlagt.	*Temmelig fantastisk!*
3	Efter en "smuttur" til USA vendte skuespilleren i 1923 tilbage til England og begyndte at optræde i musicals. Skuespilleren blev opdaget af Arthur Hammerstein som tog ham med tilbage til New York for at optræde	*Ret strålende*
4	Skuespilleren har indspillet et hav af film, af to ud af mange kendte kan nævnes "Arsenik og gamle kniplinger" og "Natten før brylluppet"	*Du kan bare det der!*
5	Mange forfattere mener at skuespilleren var homoseksuel, men vedkommende har fem ægteskaber bag sig.	*Det er bare godt!*
6	Skuespilleren udviklede sin karakteristiske og populære filmpersonlighed som både sofistikeret, vittig og charmerende.	*Du vil kunne klare dig ved de fleste middagsselskaber!*
7	I en kendt film hvor skuespilleren spillede overfor Katharine Hepburn har vedkommende udtalt "Jeg spillede mig selv til perfektion!"	*Det er sådan set OK!*
8	Skuespilleren var en af Alfred Hitchcocks favoritskuespillere	*Du skulle hjælpes ret kraftigt, men så kom det…*
9	Skuespilleren blev i '40'erne nomineret til to Oscars, men modtog aldrig en, man mener det til dels skyldes denne skuespillers uafhængighed fra filmselskaberne, noget der var uhørt på det tidspunkt.	*Jo.. Du har da hørt om det før!...*
10	I et af sine ægteskaber blev skuespilleren og dennes ægtefælle af mange sarkastisk kaldt for "Cash and Cary" da ægtefællen var millionærarving.	*Måske hvis spørgsmålene drejede sig om noget andet…*
11	Det amerikanske filminstitut har givet skuespilleren den ærefulde udnævnelse "Greatest Male Star of All Times!"	*Så ved du nok så mange andre ting!!...*
12	Archibald Alexander Leach var skuespillerens fødenavn, men han skiftede det i 1931 da han fik en filmkontrakt med Paramount og fik på få år etableret en karriere som den romantiske hovedrolleindehaver.	*Ikke lige inde i stoffet…*
13	Skuespilleren døde i 1986	*Nå, ja. Man kan jo ikke vide alt*
14	Det var til denne skuespiller, at Mae West sagde de berømte ord: "Why don't you come up sometime'n see me?"	*Hmmm, tjae…*
15	Det er blevet sagt om denne skuespiller, at ingen ældes bedre end ham.	*Det er tydeligvis ikke et emne du har interesseret dig for….*
	Svaret er naturligvis….	*Tjek svaret på side 40*

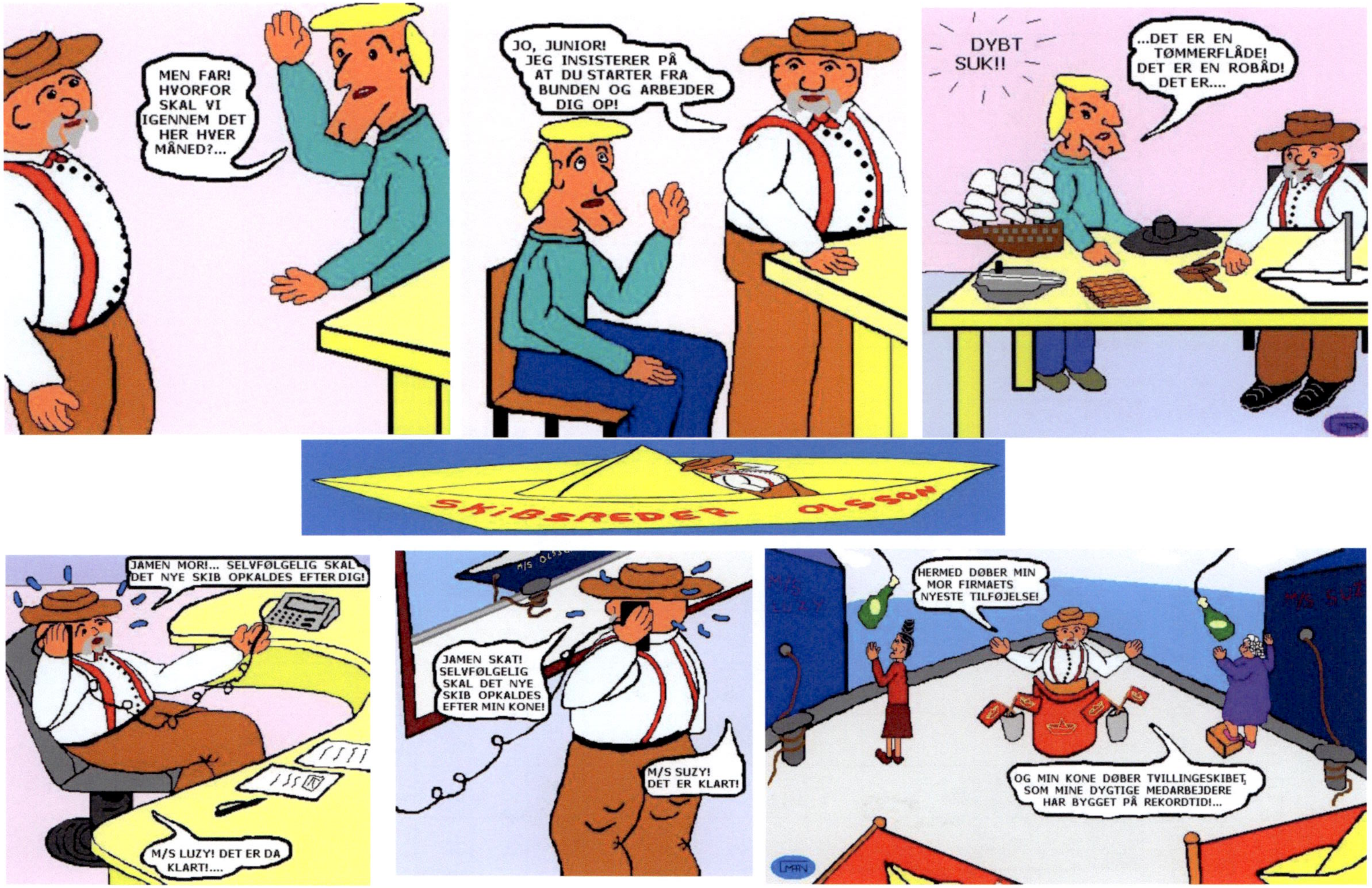

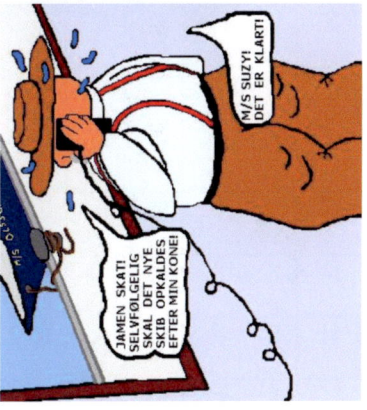

Løsninger:

Løsning til musikquiz: U2

Løsning til kunstquiz: Cary Grant

Løsning til kryds & tværs:

81↓	■	79↓	32→ 33↓	O	■	41↓	86↓	89↓	■	6↓	■	43↓	8↓	45↓	44→ 12↓	O		24↓
S	78	A	S	R	85	R	Ø	M	10 87↓	K	L	A	S	S	I	S	K	
O	30 31↓	S	Æ	K	K	E	V	O	G	N	42	R	A	F	N		34↓	E
■	S	80	L	A	■	G	88 84↓	S	S	A	13 47↓	K	L	O	D	E	N	
29	T	E	G	N	I	N	G	46 91↓	A	G	T	83↓	O	39	S	L	D	
75	A	70 71↓	E	E	90	S	U	M	82	S	O	G	N	35	A	V	E	
5	T	E	R	N	11	K	R	I	S	T	P	L	A	N	T	E	R	
72	S	E	■	92 93↓	S	A	G	N	96↓	E	14↓	U	36 15↓	Y	T	R	E	
■	M	7	S	N	E	B	L	I	N	D	H	E	D	37 76↓	E	N		2↓
73 74↓	A	D	94 25↓	I	L	S	E	■	Y	■	A	77 64↓	U	R	38 9↓	E	K	
N	N	49↓	V	95 62↓	E	F	16 66↓	K	N	A	L	D	G	U	L		60↓	N
48	D	R	A	M	67 68↓	Ø	R	56↓	■	65	V	O	V	57	I	T	O	
■	61	E	R	I	K	R	A	V	N	63 1↓	T	V	Å	58	V	I	P	
40	H	J	E	M	M	E	S	I	D	E	R	21↓	D	59 26↓	S	P	S	
■	51 50↓	E	V	52↓	53↓	R	54↓	K	4 18↓	D	E	T	E	K	T	I	V	
28	T	R	O	N	E	17 55↓	K	L	A	D	D	E	27 23↓	A	E	69	A	
S	A	N	G	E	R	N	E	20	M	E	S	S	I	N	G	■	N	
3	H	E	N	G	E	M	T	19	T	R	22	T	R	A	N	G	E	